天地人和

愿你也有美的心境

金 波 著

中国出版集团　东方出版中心

《金波别集》缘起

（代序）

　　金波先生于耄耋之年梳理自己的作品，并将其命名为《金波别集》。在这套书面世之际，金波先生以对话的形式与读者朋友分享了该作品集的出版缘由及创作体会。现以此作为别集的序言。

　　责任编辑：金波老师，"别集"终于要出版了，由于是"别集"，我们有机会通读了您的作品，有几百万字之多！在阅读的过程中，我们发现了太多之前没有被读者关注到的作品，比如《小雨的悄悄话》《蜻蜓落在睡莲上》《会荡秋千的小虫子》，收获很大。

　　金波先生：我已创作近七十年，因为创作时间长，所以散发在报刊的作品多，创作体裁比较丰富，包含儿歌、散文、童话等等，尤以短篇居多。谢谢你们用了很多精力，去搜集、整理我的作品，尤其是短篇作品。现在回头看，这些作品包含了我很多的创作灵感和热情。这套"别集"，是我献给小读者们和大读者们的一份精神食粮，同样也是我近七十年创作生涯的一个小结。

责任编辑： 金波老师，记得第一次与您聊起这个选题时，我们还在犹豫，叫"文集"还是"全集"？您说叫"别集"，要有别样的特色。我们整理下来，您的作品有几千篇，描写对象之广，包含了天地万物。您能跟读者们说说，"别样的特色"是怎样体现在这么多的篇章中的吗？

金波先生： "别集"可以说有三个含义，其中第一个含义，这套别集是"别人帮助我编的"，你们用心将我的作品搜集起来，并按"天""地""人""和"的理念进行编排，可以说别有一番特点，别有一番意义。

责任编辑： 谢谢金波老师的认可。在整理的过程中，我们发现"天""地""人""和"四辑真的各有自己的特点。拿"天"举例，描写日月星辰的作品，我们足足整理了一本书，叫《一个月亮两颗星》；描写江河湖海的，叫《我们去看海》；描写漂游和飞翔在天空中的云、鸟、蝴蝶等等的，叫《小麻雀洗澡》；写雨的作品也特别多，我们整理了一本书，叫《小雨的悄悄话》。金波老师，"别集"的第二个含义是什么呢？是不是与您新的阅读体验有关？

金波先生： 这次我再读"别集"中的这些作品，有了别样的感受和别样的发现。你们搜集整理的这些作品，有的我都已经忘记了，这次我再读一遍，突然有一种感觉，就像在读新的作品，甚至觉得是在读别人的作品，非常新鲜和有趣，感觉又唤醒了自己的童年，也似乎再一次提升了我的审美感觉。当我阅读这些小小的作品时，无论是一首小诗，还是一篇小小的童话，甚至会不由自主地想，当时自己是怎么写出这样的作品的呢？

这些作品让我回忆起了我写它们时的心情，原来生活是这样的美好，这样的丰富，这样的奇妙，这样的有趣。我想如果我们热爱生活，那么随时随地都可以发现美，同时也可以把这种对美的感受变成作品。阅读这套作品让我有了新的体会，从而对生活产生了新的认识。这也是将这套作品命名为"别集"的第二个原因，就是因为它为我带来了别样的阅读体验，同时我也希望它同样能为读者们带来别样的感受。

责任编辑： 是啊，金波老师，您有一双发现美和童真的眼睛。我们特别希望通过别样的策划，把您的发现传递给读者们，请读者们从别样的角度感受您的作品。您刚才提到，"别集"这一命名有三个含义，请问第三个含义是什么呢？

金波先生： 第三点，正如你已经提到的，就是希望"别集"能带给读者别样的感受，引发别样的思考。我们人人都对童年有许多丰富的感受，有些人至今还记得那些感受，但也有些人由于种种原因，忘记了童年的一些体验。我希望这些作品能勾起大家对童年的记忆和思考，比如我也曾经看到过这些有趣的风景，做过这件有趣的事情，遇到过这样有趣的人。在阅读作品的时候，与自己的童年经历相结合，也许就可以唤醒童年、回归童年，重新认识童年，最重要的是享受童年。我希望这套作品能提供给读者一种别样的阅读感受，这就是"别集"的第三个含义。

所以总结一下，这一套《金波别集》出版的三个含义就是：别样的编排，别样的阅读，别样的感受，希望它能带领大家发现童年，认识童年，享受童年。

目录
Contents

投身自然　感受诗

——《降落伞》赏析

普里什文是个独特的作家，他独到的"诗体随笔"永远是我的"枕边书"。只要读上几页，我的心境就变得异常恬淡、安宁，好像置身于雨后的森林。我也曾感受过普里什文作品中的情境，例如，春水、夏夜、秋风、初雪，我甚至也曾面对尺蠖悬挂在树下半空中，满含兴致地凝视

投身自然
感受诗

良久；也曾拾起过片片红叶，在上面发现冻僵了的蜘蛛，悲悯之情，油然而生。

今天睡前，又随意翻开他的《林中水滴》，映入眼帘的就是这篇《降落伞》。我再次感受到大自然在作家（我认为他是一位诗人）的心目中，是多么丰富多彩，多么神奇美妙！秋天，黄叶飘零，这本是再平常不过的事情，但在他的笔下，竟写出了一篇美文，一篇童话，一首诗。

"一片黄叶慢慢地飘落下来"，这引起了作者的好奇，因为，"连白杨树叶都纹丝不动"。不仅

作者好奇，"所有云杉、白桦、松树，连同所有阔叶、针叶、树枝，甚至灌木丛和灌木丛下的青草，都十分惊异"。作者把人与树融合在一起写，他们有一样的好奇心，一样的疑问，一样的关爱情怀。因此，他才能"顺从了万物一致要求"，"走过去看个究竟"。如果说前面的"好

投身自然
感受诗

愿你也有
美的心境

奇"已表现了人与树的默契，这里的"顺从"就更真切地表达了作者对大自然的倾心。最后，作者看到的是"一只蜘蛛，想降到地面上来，便摘下了它，作了降落伞"。这发现像童话一样玄妙新奇，又像生活一样合情合理。

普里什文曾把他的散文创作比喻为"是在春天的口授下写的"。一个"顺从"，一个"口授"，深情地表达了他与大自然的融为一体。普里什文曾经说过："我笔下写的是大自然，自己心中想的却是人。"正因为作者以这样的情怀抒写大自然，他的大自然也才是和人的内心世界相呼应的。他从大自然中发现了人的心灵。

作品精选

降落伞

［苏联］普里什文

连蟋蟀也听不见草丛中有自己同伴的声音，

它只轻轻地叫着。在这样宁静的时候，被参天的

云杉团团围住的白桦树上，一片黄叶慢慢地飘落下来。连白杨树叶都纹丝不动的宁静时候，白桦树叶却飘了下来。这片树叶的动作，仿佛引起了万物的注意，所有云杉、白桦、松树，连同所有阔叶、针叶、树枝，甚至灌木丛和灌木丛下的青草，都十分惊异，并且问："在这样宁静的时候，那树叶怎么会落下呢？"我顺从了万物的一致要求，想弄清那树叶是不是自己飘落下来的。我走

投身自然
感受诗

过去看个究竟。不，树叶不是自己飘落下来的，

原来是一只蜘蛛，想降到地面上来，便摘下了

它，作了降落伞：那小蜘蛛就乘着这片叶子降了

下来。

到老不变，还是那颗心
——《访母校——忆儿时》赏析

林海音先生是台湾著名作家。她的小说《城南旧事》，1982 年被上海制片厂改编成电影以后，更是家喻户晓。2001 年 12 月 1 日，她病逝于台北，享年 83 岁。

今天重读她的这篇散文，让我想起她多次回到内地探亲的情景。《访母校——忆儿时》写的是她 1990 年 5 月的事。那次是一群子侄陪她一道访问了她的母校——位于北京和平门外厂甸的北京师大附小。这所小学，是她"一家三代的母校"。她六十多年前在这里就读。旧地重游，

17

往日的情景，一一浮现在眼前。

这篇回忆散文，一是写得深情，二是富有童趣。推算起来，她访问母校时，已年过古稀，可是字里行间跳跃的还是那颗单纯、热情、充满童趣的心。那楼房，那钟声，那楼梯咚咚的响声，还一直留在她的记忆中、听觉中。

情感是记忆的催化剂。情感可以让陈年旧事永远鲜活。即使不复存在的事物，也会重新萌生。文中描绘的"缝纫教室和图书室"，虽然早已被拆除，但作者在那儿的生活是难以忘怀的。她特别写了"女生到了三年级就要到这间教室学针线"。她当年做过的"钩边的手绢、蒲包式婴儿鞋、十字刺绣"历历在目。还有她读过

到老不变，
还是那颗心

19

愿你也有
美的心境

的那些杂志和世界名著，她也能如数家珍似的一一开列出来。多年以后，她的女儿夏祖丽在《从城南走来——林海音传》中，这样写道："每回下课铃一响，她第一个跑去借书看。那间小小的图书室，是英子文学的启蒙摇篮。"从这段叙述中，可以感受到林海音先生对母校的一片深情。

她对母校的感情是多方面的，即使当年老师用藤教

21

鞭挞她的"糗事"，她也是"津津乐道"，甚至还建议"在教室外挂一个牌子，上面写：林海音同学一九二五年至一九二六年曾在此教室挨揍"。这一细节最能显示出她真诚、热情、豪爽的性格。写到这里，我想起 1993 年在北京南来顺饭庄一起喝豆汁的情景，她比我这生于北京、长于北京的人，更像"老北京"。第二年 6 月 9 日，我们一行人访台期间，又应邀到她的家里做客，聊天的内容还是离不开"老北京"。

　　林海音先生逝世后，我曾得到一本《颂永恒——念海音》的纪念册，我一遍一遍地读着她的手迹：

英子的心，还是七十六年前的那颗心，

把家人和朋友紧紧搂在心上，到老不变。

我再一次聆听到了她生命的乐章。我相信，

她一定也把老北京"搂在心上"。

（谨以此文纪念林海音先生逝世一周年。）

到老不变，
还是那颗心

愿你也有
美的心境

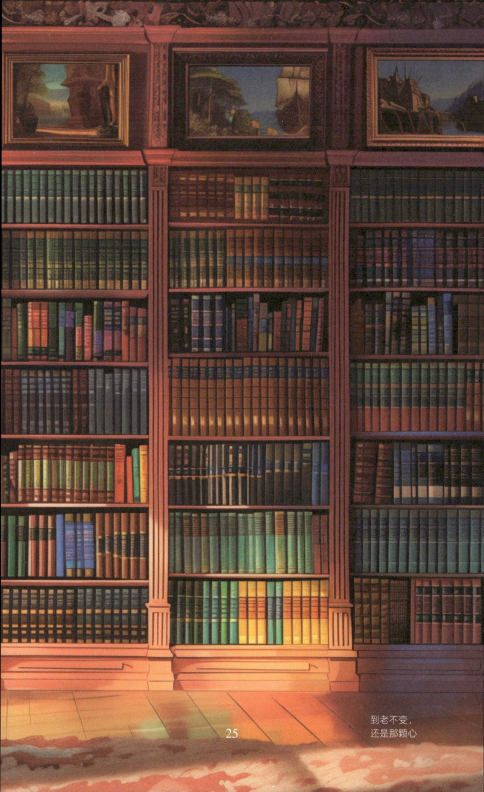

到老不变，
还是那颗心

作品精选

访母校——忆儿时（节选）

林海音

校园没有变动，这栋楼房也是我在三四年级上了两年课的地方。上下课的时候，钟声一响，群生奔向楼梯，木板被踩得咚咚响，我现在还好像听到吵人的声音。

校园的最后面，也就是楼房的右边，原有一排矮屋，是缝纫教室和图书室，但是现在却没有，太陈旧矮小被拆除了吧！但是我在这儿却有着难忘的生活。女生到了三年级就要到这间教室学针线。这屋里有两张长桌和一排靠墙的玻璃橱，橱里摆着我们的成绩——钩边的手绢、蒲包式婴儿鞋、十字刺绣等等。教室的另一头是图书室，书架上是《小朋友》《儿童世界》杂志，居然还有很多商务印书馆出版的林纾、魏易用浅近的文言所翻译的世界名著，像《基度山恩仇记》《二孤女》《块肉余生记》《劫后英雄传》等等，我都囫囵吞枣地读过，可见得，当我白话文还没学好的时候，已经先读文言的世界名著了，奇怪

27

愿你也有
美的心境

28

不奇怪！

在后面绕了一圈，又回到前院去，到我二年级的教室前拍了一张照，因为它仍是当年我上课的教室，没有变动。我忽然想起我上二年级的糗事，算术开始学乘法，我怎么也不会进位，居然被级任王老师用藤教鞭打了几下手心，到今天还觉得羞愧脸热。

今天走到这儿，拍了照，我忽然对晚辈讲起这些糗事并且笑着说："是不是我也可以在教室外挂一个牌子，上面写：林海音同学一九二五年至一九二六年曾在此教室挨揍。"

子侄们听了大笑！

到老不变，
还是那颗心

让心变得柔和起来

——《小银和我》赏析

这里节选的是《小银和我》的第一节。这本书也是我最爱读的"枕边书"之一。

作者希梅内斯是西班牙著名诗人，1956年诺贝尔文学奖获得者。他的散文诗集《小银和我》出版不久，就被译成英、法、德、意、荷兰、希腊、希伯来、瑞典等文字，同时还出版了盲文本。所有西班牙语系的国家，都选它作为中小学课本，可见其影响之广泛。

这不是一本惊悚悬疑的书，它的情节也不跌宕起伏，甚至没有连贯的情节。它不是一本"热

让心变得
柔和起来

愿你也有
美的心境

闹的书"。它是一本浸透着亲情的书。它需要静静地读。记得我初读这本书时，是坐在阳台上，微风摇响了头顶的风铃。那幽细的音韵与书的情调很和谐。我好像和诗人在一起，走在他的故乡摩格尔的乡野上。我见到的小银，就是诗人描绘的小毛驴：它有温顺的性格和美丽的容貌，"通身像一腔纯净的棉絮"，还有一双"宝石般发亮的眼珠"。诗人用的是"柔软"的字眼儿，因为小银是他的至爱。当我读到它"带着满意的笑容，轻盈地向我走来，不知为什么会像是一只小小的风铃在娴雅地摇晃……"的时候，我头顶的风铃正好在"叮叮当当"地响着。我似乎看见小银正向我走来。它无忧无虑，因为它和乡亲和乡

让心变得
柔和起来

愿你也有
美的心境

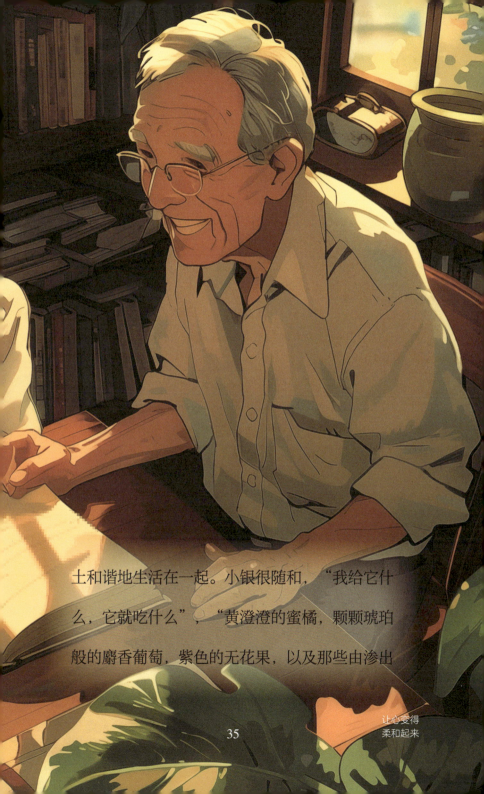

土和谐地生活在一起。小银很随和，"我给它什么，它就吃什么"，"黄澄澄的蜜橘，颗颗琥珀般的麝香葡萄，紫色的无花果，以及那些由渗出

让心变得
柔和起来

的果汁所凝成的一粒粒晶莹欲滴的蜜露"。这些流光溢彩的水果，是小银品尝不完的甜蜜，是诗人故乡的馈赠。我和小银一起感受着诗人的慈爱和善良。

"然而，它的内心却刚强而坚定，好像是石头"，无怪乎农民见了，"都注视着它说：'真

棒……'"这是真实的小银。"月样的银白，钢样的坚强"，是诗人对他的小毛驴最全面的评价。作为全书的第一章，已经向我们暗示小银的一生，不仅需要"温顺"，还需要"坚强"。

作者在"小序"里这样写道："在这本小小的书中，快乐和痛苦是孪生并存的，就像小银的一对耳朵。"当年，我在第一次读完了这本书的时候，曾写下过这样几句话："我不知道我算不算真正读懂了希梅内斯这位老诗人。但我羡慕他。羡慕他恬淡的心境和博大的爱心。他对世界要求的并不多，但生活却如此厚待他，给了他一头可爱的小毛驴——小银。而小银也因为得到诗人的爱而变得不朽。"

让心变得
柔和起来

愿你也有
美的心境

读这本书的人会有怎样的感受呢？"我们的心正在变得柔和起来。"（严文井：《一个低音变奏——和西梅内斯的〈小银和我〉》）

是的，我们还应当多读一些让心"变得柔和"的书。

作品精选

小银和我（节选）

〔西班牙〕希梅内斯

毛茸茸的小银玲珑而温顺，外表是那样的柔软，软得通身像一腔纯净的棉絮，没有一根骨头。唯有一双宝石般发亮的眼珠，才坚硬得像两颗精

让心变得
柔和起来

美明净的黑水晶的甲虫。

　　我把它解开，它自己就向草地走去，漫不经心地用前吻微微地去嗅触草地上的小花；那些玫瑰红的、天蓝的、金黄的花朵……我轻轻地呼唤："小银呢？"它就仿佛带着满意的笑容，轻盈地向我走来，不知为什么会像是一只小小的风铃在

娴雅地摇晃……

我给它什么，它就吃什么，可是它最喜欢
的是黄澄澄的蜜橘，颗颗琥珀般的麝香葡萄，紫色
的无花果，以及那些由渗出的果汁所凝成的一粒
粒晶莹欲滴的蜜露……

它温柔而且娇惯，如同一个宠儿，也更像是
一颗掌上明珠……然而，它的内心却刚强而坚定，
好像是石头。每当我星期天出外，骑着它经过村
里的僻街陋巷时，那些衣着整洁、悠然自得的农
民们，都注视着它说：

"真棒……"

是真棒。月样的银白，钢样的坚强。

让心变得
柔和起来

笑过以后想一想

——《一个给小熊的吻》赏析

我相信你读了这篇富有情趣的童话，一定会忍俊不禁。它的情节不复杂，甚至幼儿也能听得懂。他们会被故事的幽默和人物的对话所感染。就连我这个老人读了，也感到愉悦，甚至又读了一遍，再一次体验到阅读的快感。那么你读后有哪些感受呢？

吻，这是爱的表达方式。小熊的祖母收到小熊的画以后，为了回报小熊的爱，回赠了一个吻给他，而回赠的方式又很独特，让母鸡"带"给小熊。这一细节显示了这篇童话新巧的构思。

笑过以后
想一想

愿你也有
美的心境

44

45

笑过以后
想一想

　　这个"吻"的传递，推动了情节的发展，也表现了各个小动物的性格特点。母鸡用脸"带"走了祖母的吻，她又"在青蛙脸上亲了一下"，青蛙"带"着这个吻，又让猫"把吻接过去""带"给小熊。这种传递的方式既独特又有趣。更主要的是，无论谁都乐意帮助做这件事，因为这个"吻"的传送，不但帮助了别人，还在帮助别人的同时，自己也感受到了爱。当猫把这个"吻"委托小鼬鼠带给小熊时，小鼬鼠遇到了鼬鼠姑娘，他把吻"给了过去，她又还了回来"，回环反复，他们用这个"吻"表达了彼此的爱慕之情，以至于母鸡看到了，都分不清"这个吻在你们谁那儿"。最后还是母鸡把这个

笑过以后
想一想

"吻""收了回来",还是"她向小熊跑去,把吻给了小熊"。这个情节是这篇童话最有趣的部分。

结尾也很巧妙,当小熊想请母鸡再带一个吻给祖母时,母鸡也不得不说"不行","传来传去会全给弄乱了的"。

故事是结束了,但它却深深打动了我们,在微笑中我们感受到了弥漫在小动物之间的爱,在帮助别人的过程中，自己也体验到了爱的快乐，学会了爱，就得到了幸福。

我们读童话、读小说，了解了情节以后，并非阅读的终结，而是思考的开始，通过思考去发现故事背后的诗意和思想。

作品精选

一个给小熊的吻

〔瑞士〕艾斯·米纳里克

小熊画完一幅画后，自言自语地说："这幅画真让我感到高兴！"

他看到母鸡，就说："你好，母鸡。这画是

49

给我祖母的，你能替我送给她吗？”

"好的，我很愿意。"母鸡说。

小熊把画卷成一卷，放在了母鸡的背上。

祖母收到画后十分快乐，她立即把画挂了起来。

"这个吻是给小熊的，"她在母鸡脸上吻了

愿你也有
美的心境

一下说，"母鸡，你把它带给小熊好吗？"

"好的，我很乐意做这件事。"母鸡回答。

母鸡在路上遇见了她的几个朋友，就停下来与他们聊天。她先对青蛙说：

"你好，青蛙。我这儿有一个吻，是小熊的祖母给他的，你愿意把这个吻带给他吗？"

"好的。"青蛙说。母鸡就在青蛙脸上亲了一下。

笑过以后
想一想

愿你也有
美的心境

52

青蛙走着走着，看到了一个池塘，就停下来游泳。

他一抬头，看到猫，就说："你好，猫。我这儿有一个给小熊的吻，是他祖母给他的，你愿意带给他吗？"猫不知青蛙在哪儿和他说话，青蛙又叫道："猫，我在这儿呢，在池塘里，过来把吻接过去！"

猫走到池塘边接过了吻。

猫走着走着，发现了一个可以睡一觉的好地方，于是对遇到的一只鼬鼠说："小鼬鼠，我这儿有一个给小熊的吻，是他祖母给他的，你带给他吧！乖，做个好小伙子。"

小鼬鼠很乐意做这件事，不过后来他在路上

笑过以后
想一想

看见了另一只鼬鼠，是一只非常漂亮的鼬鼠姑娘，就把吻给了她，而她又把吻还了回来，他又给了过去，她又还了回来……一直到母鸡来到这儿，母鸡说："哎呀，吻得太多了！"

"可这是小熊的吻呀，是他祖母给他的。"小鼬鼠说。

"真的？"母鸡说，"那现在这个吻在你们谁那儿？"

在小鼬鼠那儿，母鸡把它收了回来。

她向小熊跑去，把吻给了小熊。

"这个吻是你祖母给你的，"她亲了一下小熊说，"是为了你送给她的那幅画。"

"再带回一个吻给她吧！"小熊说。

"不行，"母鸡说，"传来传去会全给弄乱了的！"

那两只鼬鼠决定结婚了，他们举行了一个非常好的婚礼。大家都来参加婚礼，其中小熊是他们的嘉宾，他还带了一幅画作为礼品送给他们。

55

愿你也有
美的心境

56

在互相关爱中生活

——《夏克玲和米劳》赏析

一个小女孩和一只狗的故事，他们因为互相关爱而丰富了内心世界。在我们的生活里，有许多事物牵动着我们的感情，让我们体验到了生活的丰富多彩。许多人饲养宠物，一只猫或一只狗带给主人许多安慰和快乐。女孩夏克玲和小狗

57

愿你也有
美的心境

58

米劳，他们"来自同一个世界"，"都是在乡下长大的"，"彼此的理解都很深"。"自从有世界以来，他们就认识了"，他们共同营造的就是一个年轻、单纯、天真烂漫的世界。这概括的介绍，让我们了解了他们不是主人和宠物的关系，他们更像是朋友。在人和动物之间，能达到这样的境界，是难能可贵的。

在他们的心目中，对方是怎样的朋友呢？作者不断地变换着视角，为我们描绘着他们"彼此的理解"。米劳看夏克玲："它觉得她身上具有某种优良的品质，虽然她很幼小，但她是很可爱的。""它崇拜她，它喜爱她"；夏克玲看米劳：它强壮、善良，"它知道许多她所不知道的

在互相关爱中
生活

秘密，而且在它身上还可以发现地球上最神秘的天才"，"她非常尊敬它""她崇敬它"，像古代人崇敬"神仙"一样。通过这不同视角的介绍，让我们了解了这对可爱的朋友。读到这一段，我十分佩服作者对小女孩、对大狗的了解和出色的描绘。这是深入内心世界的描绘，让我们从深层了解了人与动物心灵的沟通。

在互相关爱中
生活

正因为有了前面生动的描写，所以当夏克玲看到米劳——她心目中的"神物""天才"——被皮带系在树上，成了"囚徒"的时候，她感到了"迷惑和恐怖"。不仅如此，当她看到米劳"毫无怨色地戴着它的链子和套圈一声不响"，她"犹疑""不理解"，因而"一种无名的忧郁笼罩着她整个稚弱的灵魂"。

这是一篇充满诗意和哲理的精美散文。人与动物不再是主人与玩偶的关系，而是新的人类与自然的关系。作者把儿童和动物的心理刻画得细致入微，读起来让我们感同身受。作者法朗士（1844—1924）是法国著名的作家，1921 年获得诺贝尔文学奖。

在互相关爱中
生活

作品精选

夏克玲和米劳

［法］亚纳托尔·法朗士

夏克玲和米劳是朋友。夏克玲是一个小女孩，米劳是一只大狗。他们来自同一个世界，他们都是在乡下长大的，因此他们对彼此的理解都很深。他们彼此认识了多久呢？他们也说不出来。这都是超乎一只狗儿和一个小女孩记忆之外的事情。除此以外，他们也不需要认识。他们没有希望，也没有必要认识任何东西。他们所具有的唯一概念是他们好久以来——自从有世界以来，他们就认识了；因为他们谁也无法想象宇宙会在他们出生之前就已经存在。按照他们的想象，世界也像他们一样，是既年轻，又单纯，也天真烂漫。夏克玲看米劳，米劳看夏克玲，都是彼此彼此。

　　米劳比夏克玲要大得多，也强壮得多。当它把前脚搁到这孩子的肩上时，它足足比她高一个头和胸。它可以三口就把她吃掉；但是它知道，

在互相关爱中
生活

愿你也有
美的心境

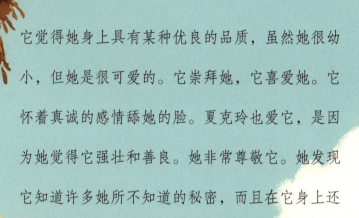

它觉得她身上具有某种优良的品质，虽然她很幼

小，但她是很可爱的。它崇拜她，它喜爱她。它

怀着真诚的感情舔她的脸。夏克玲也爱它，是因

为她觉得它强壮和善良。她非常尊敬它。她发现

它知道许多她所不知道的秘密，而且在它身上还

67

可以发现地球上最神秘的天才。她崇敬它，正如古代的人在另一种天空下崇敬树林里和田野上的那些粗野的、毛茸茸的神仙一样。

但是有一天她看到一件惊奇的怪事，使她感到迷惑和恐怖：她看到她所崇敬的神物、大地上的天才、她那毛茸茸的米劳神被一根长皮带系在井旁边的一棵树上。她凝望，惊奇着。米劳也从它那诚实和有耐性的眼里望着她。它不知道自己是一个神、一个多毛的神，因而也就毫无怨色地戴着它的链子和套圈一声不响。但夏克玲却犹疑起来了，她不敢走近前去。她不理解她那神圣和神秘的朋友现在成了一个囚徒。一种无名的忧郁笼罩着她整个稚弱的灵魂。

在互相关爱中
生活

给你一颗充实的心

——《给儿子的一封信》赏析

大约是三十年前，我在阅读一本《高尔基论儿童文学》的书中读到了这封信。这封不到二百字的短信深深地感动了我，以至于我常常默诵着

愿你也有
美的心境

它。它让我对高尔基这位伟大的作家、慈祥的父亲肃然起敬。他的亲子之爱是深情的、细腻的。他在儿子走后，怅然若失。但是，他看到儿子"种下的那些花却留在这里，并继续生长"着，睹物思人，他得到了许多安慰，他"愉快地想到，我的小儿子给卡普里留下了一件美好的东西——鲜花"。在这里，作者的思念延伸至深刻的思考：一个人为生活应当留下些什么？

在这位伟大的父亲的心目中，"鲜花"成为一种象征物，它象征着劳动、给予、美丽、记忆……所以当他看见儿子留下的鲜花，他想到的不仅仅是儿子，还是比这亲子之情更博大的爱。他正是用这深刻的思考表达着对儿子的爱，告诉

给你一颗
充实的心

他"随时随地，给人们留下""美好的东西"，这美好的东西包括"鲜花"，还有"思想和对你的亲切回忆"，如果说前者还是一种美的物质，那后者就是一种美的精神，也因此，"你的生活就会变得轻松愉快"。

高尔基曾经说过："我们世界上最美好的东西，都是由劳动、由人的聪明的手创造出来

给你一颗
充实的心

73

的。"那鲜花、那思想、那亲切的回忆，哪一样不是用劳动创造出来的呢！

高尔基还说过："我知道什么是劳动：劳动是世界上一切欢乐和一切美好事情的源泉。"他

愿你也有
美的心境

74

就是用这思想看待儿子种下的鲜花的，他把孩子的一种自发的行动升华为一种自觉的思想，并把它看作"是世界上一切欢乐和一切美好事情的源泉"。不仅如此，他又把这种思考引申下去，进一步指出，为别人奉献你的劳动，并且"感到大家都需要你"，你就获得了"一颗充实的心"。这动之以情、晓之以理的话语，让人感动，让人信服。因此，高尔基谆谆教导他的儿子："应该懂得，给予别人永远要比向别人索取更为愉快"，这蕴含着哲理的警句，立即铭刻在我们的心中，让我们终生难忘。

三十多年来，每当我想起这封信，我心头立刻涌起一种孩子般的幸福感觉；如果我们能有这

给你一颗
充实的心

样一位平等、慈爱的父亲，他能从孩子栽种的鲜花说起，一层层深入地说下去，让我们懂得了做人的道理，我们就会天天生活在快乐之中。

高尔基很细心地感受着儿子的生活，他的细心出自他的爱，出自他的思想。他奋斗的一生，告诉他"只有人的劳动才是神圣的"。他还要把这种亲子之爱化作理智、化作智慧、化作思想、化作人生的指针，"把道路指给儿童们——人类整个伟大事业的继承者"。

让我们把这封短短的信，当作一位哲人的"精神遗嘱"，深深地记在心中。

作品精选

给儿子的一封信

［苏联］马克西姆·高尔基

你走了，但你种下的那些花却留在这里，并继续生长，我望着它们，不由得愉快地想到，我的小儿子给卡普里留下了一件美好的东西——鲜花。

在你整个的一生中，要是你随时随地，给人们留下的全是美好的东西——鲜花、思想和对你的亲切回忆，那么你的生活就会变得轻松愉快。

那时，你会感到大家都需要你，而这种感觉将会赋予你一颗充实的心。应该懂得，给予别人永远要比向别人索取更为愉快。

给你一颗
充实的心

愿你也有
美的心境

78

故事短小　含义深邃
——《这要成为一个真正的人才行》赏析

　　这是一篇寓言故事。我们每个人从小或多或少总会读过一些寓言。也许那个有趣的故事很容易就记在心里了，但是，故事的寓意却可以让我们终生思考。这篇《这要成为一个真正的人才行》就是值得我们反复思考的，甚至随着年龄的增长、阅历的加深以及文化修养的丰厚，会对像什么是"真正的人"这样的问题作出无终止的探究。

　　初读这篇寓言故事，我们就会感受到一种庄严肃穆的气氛。墓地、缅怀、追思。与此形成

79

愿你也有
美的心境

鲜明对比的，是一只蜻蜓所提出的幼稚可笑的问题。蜻蜓面对着那个人来到父亲墓前拔草、浇水、种花一连串的劳作，她"一边仔细地观察"，"一边在想"，然后又"忍不住问"，像"什么叫父亲""什么是墓"。但是，无论怎样向她解释，她还是"弄不明白"。

蜻蜓和人的一问一答，向我们展示了人与动物的本质区别。寓言故事虽然没有明确揭示这种区别，但从蜻蜓所提出的问题就可以看出，她对人类的亲情、伦理、生死等人的道德和高度文明，是难以理解的。

在苏霍姆林斯基的教育思想中，他十分重视伦理道德。在这篇寓言故事中，作者以朴素的语

故事短小
含义深邃

言，描绘了生者对死者的悼念之情。那场景、那氛围，令人动情。而蜻蜓不知天理人情的愚昧，

愿你也有
美的心境

又让人感喟。而最后，作者用一句"为了弄明白这一切，你应当成为一个真正的人"作结束，可以说是给我们留下了长久的思索。我们不但明确认识到了人的可贵、人的价值，更进一步意识到，作为一个人，与亲人、与长辈、与朋友的关系，正是一个人全部道德情感的基础。学会关心人、帮助人，对弱者的体恤，对不幸者的同情，甚至对逝者的缅怀，这些都是人类所独有的感情，也是培养人类文明的基本条件。

故事有趣，语言浅近，篇幅短小，含义深邃，读起来不仅在情感上打动人，还有很强的道德感召力。

天 地 人 和

愿你也有
美的心境

故事短小
含义深邃

作品精选

这要成为一个真正的人才行

［苏联］苏霍姆林斯基

有一个人到墓地去看望父亲的墓。他拔除了一些杂草，给青草浇了水，然后，又挖了一个坑，种上了一簇玫瑰。

在青草茎上落着一只蜻蜓。她一边仔细地观察着这个人的工作，一边在想："他在干什么呢？为什么他又栽花，又拔草？要知道，这里既不是菜地也不是花园呀。"

又过了几天，这个人又来到了墓地。他拔了一些杂草，给玫瑰浇了水。当看见玫瑰丛中开放的第一朵花时，他笑了。

"人啊，"蜻蜓忍不住问，"你在做什么呢？为什么要在这个小土包上面栽花、锄草、浇水呢？这个土包下面有什么呀？"

"这儿有我的父亲，"那个人回答，"这里是他的墓。"

故事短小
含义深邃

"那么什么叫父亲呢？"蜻蜓又问，"什么是墓呢？"

这个人开始给她讲起来。但是，蜻蜓怎么也弄不明白。她请求这个人："人啊，请你告诉我，我应当怎么做，才能明白你所讲的一切。"

"为了弄明白这一切，你应当成为一个真正的人。"

愿你也有
美的心境

88

愿你也有美的心境

——《美与同情》赏析

第一次读到《美与同情》，我立刻觉得全身心地回归到了童年时代。我也有过"哥儿"的那种心理、那种心境和那些举动啊！对于像"哥儿"这么大的孩子来说，他们把一切物品都看作有生命感觉的，它们彼此之间，它们和孩子之间，可以交流思想感情。孩子们对它们也寄托着美好的希望，希望它们快乐、和谐。

这是儿童的"泛灵心理"，这种心理，源于想象，源于情感，源于儿童所特有的"游戏精神"。

89

愿你也有
美的心境

哥儿，以及和他一样大的童年伙伴，都有这种美好奇妙的心理。但是，哥儿可贵的是把这种天赋的心理变成了美好的感情。当他看见"表面合覆在桌子上"，"茶杯放在茶壶的环子后面"，"鞋子一顺一倒"，"立幅的绳子拖出在前面"的时候，他就会感觉"心情很不安适"，这种"不安适"的心情，就成了他改变生活、美

愿你也有
美的心境

愿你也有
美的心境

化生活的动力。所以他才能及时地发现不和谐，勤勉地去一一收拾。当他把一切安置妥帖，"它们的位置安适，我们看了心情也安适"。只有对美有敏锐的感受力、有执着的追求心的人，才会这样"随时随地"地创造着和谐的美。作者把这概括为"美的心境"。

这种"美的心境"，可以帮助作家进行"文学的描写"，可以帮助画家进行"绘画的构图"，也可以帮助更多的人感受生活、学会生活。这是十分重要的"美的心境"。

"美的心境"从哪里来？作者告诉我们："这都是同情心的发展"。"同情心"是一种可贵的品质，表现为对别人的遭遇给予理解和

93

关心。

　　散文的开头，作者一连串用了四个"看见"，把哥儿"挑剔"的神态和为美而忙碌的动作充分地表现了出来。他的挑剔，他的"勤勉"，让我们看到了一个感情丰富、做事一丝不苟的可亲可爱的形象。中间部分写哥儿把各个物品安置妥帖后的心理活动，表不再"气闷"，

愿你也有
美的心境

茶杯可以"吃奶奶"，顺过来的鞋子可以"谈话"……这一切都体现了哥儿的想象力和同情心。而最后作者的"恍然感悟"，就将哥儿的行为上升为理性的思考，也给我们极大的启示。愿我们人人都有"美的心境"。

美与同情

丰子恺

有一个儿童，他走进我的房间里，便给我整理东西。他看见我的表面合覆在桌子上，给我翻转过来。看见我的茶杯放在茶壶的环子后面，给

愿你也有
美的心境

我移到口前面来。看见我床底下的鞋子一顺一倒，给我掉转过来。看见我壁上的立幅的绳子拖出在前面，搬了凳子，给我藏到后面去。我谢他：

"哥儿，你这样勤勉地给我收拾！"

他回答我说：

"不是，因为我看了那种样子，心情很不安适。"是的。他曾说："表面合覆在桌子上，看它何等气闷！""茶杯躲在它母亲的背后，教它怎样吃奶奶？""鞋子一顺一倒，教它们怎样谈话？""立幅的辫子拖在前面，像一个鸦片鬼。"我实在钦佩这哥儿的同情心的丰富。从此我也着实留意于东西的位置，体谅东西的安适了。它们的位置安适，我们看了心情也安适。于是我恍然

愿你也有
美的心境

悟到，这就是美的心境，就是文学的描写中所常用的手法，就是绘画的构图上所经营的问题。这都是同情心的发展。普通人的同情只能及于同类的人，或至多及于动物；但艺术家的同情非常深广，与天地造化之心同样深广，能普及于有情非有情的一切物类。

愿你也有
美的心境

99

愿你也有
美的心境

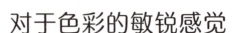

对于色彩的敏锐感觉

——《美在颜色》赏析

如果这世界失去了色彩，这将是不堪设想的事情。人们的视觉一片灰暗，生活中将失去花朵、绿叶，绘画艺术也将变得单调乏味。颜色，真是人类精神生活有趣的"小精灵"。

这篇精巧的散文，就是从童年对于颜色的感觉写起，那变魔术般的幻象从哪里来？从儿童的好奇心来，从儿童的想象中来。作者把不同的颜色"和一和"，就变化出"草原叶子的绿""小姑娘裙摆上的秋香""沉稳的窗纱绿""浩瀚海洋的波涛""春临大地的明丽"等等。颜色给予

愿你也有
美的心境

对于色彩的
敏锐感觉

童年的是对生活丰富的联想。颜色还给予童年创造力，那些"番茄红、鞭炮红、辣椒红和樱桃红"；那些"海军蓝、马褂蓝、浇瓷蓝和土耳其石蓝"，无一不是生活知识的再现和再创造。至于从唐诗中读出了颜色，那是阅读中的再创造，这可以说是艺术欣赏中的高境界了。

在人类审美活动中，对颜色的欣赏是最普及的、最大众化的。培养审美趣味，可以从欣赏颜色开始。这篇散文，既写出了幼童喜爱颜色的天性、独特的感觉，又写出了长大以后，随着阅历、知识的渐丰，对于颜色的"发现"也越来越广、越深。学会欣赏颜色美，实在是学会欣赏艺术美的向导和基本功。

对于色彩的
敏锐感觉

作者桂文亚，是著名的散文家，还是一位摄影家。她的摄影散文集《美丽眼睛看世界》是一部发现美、创造美的精品佳作。

作品精选

美在颜色

桂文亚

小时候我喜欢画画，特别是玩一种配颜色的游戏。我有一盒十二色的王样不透明水彩，是外婆送给我的生日礼物，它们像迷你牙膏似的排排躺在盒子里。

在还没有扭开这些水彩牙膏的头盖前，我会

先去捏捏它们。有的瘦，有的胖，有的矮，有的高，

不用说，从外表一眼望去，就知道我比较偏爱谁

了。那些扁些短些的，就是玩得太高兴的结果。

对于色彩的
敏锐感觉

颜色变魔术是很有趣的游戏：挤点儿瓦蓝在小瓷碟里，再配点儿鲜黄，用毛笔蘸点水，和一和，变成了草原叶子的绿；挤点儿瓦蓝，加上一点橘红，和一和，成了小姑娘裙摆上的秋香；深绿加浅绿，也是绿，但是是沉稳的窗纱绿，不过这儿深绿的分量要多些儿。墨绿若增上深蓝就有了浩瀚海洋的波涛，若添上了漆黑，就有了暮秋枯叶的萧条，搁进了浓黄，又回到春临大地的明丽。

我可以坐在书桌前整整变一个下午的颜色魔术，简直成了一个孙悟空。变，变，变，变出了番茄红、鞭炮红、辣椒红和樱桃红；那些变，变变变，变出了海军蓝、马褂蓝、浇瓷蓝和土耳其石蓝。我走进了色彩的探险迷宫，变得它们是神仙也是妖怪，让人在一分钟之内，蹦出了三百个惊奇泡泡。

要谢谢爸爸妈妈给我一双完好的眼睛，让我认识了美，学习如何区分这之中精细的差异。要

对于色彩的
敏锐感觉

谢谢爸爸妈妈给我十个灵活的指头,让我会吃饭、写字、跳绳、弹钢琴,还会调弄颜色盘。在长长的人生纪念册上,为金色的童年谱唱七彩的音符。

更要谢谢许多颜色小精灵,在我阅读的时候,像圣诞树梢一路披挂的彩灯,闪动着晶晶亮的眼睛,微笑着说:"记得吗?朋友!"

怎么不记得呢?春眠不觉晓是"绿",花落知多少是"红";床前明月光是"银",疑是地上霜是"白";空山松子落,是"茶褐",幽人应未眠,是"浅灰";朱雀桥边野草花,是"淡淡的紫",乌衣巷口夕阳斜,是"冷冷的金"。

当大家说"书中自有颜如玉"的时候,我就说:"书中自有色、香、味。"

对于色彩的
敏锐感觉

简短有趣　含义丰富

——《孩子们自己的话》赏析

我第一次读《孩子们自己的话》，就想起自己小时候一段有趣的经历：我和好朋友很想发明一种只有我俩能懂的语言，以便交谈一些秘密。当然，并没成功。但是，想用"自己的话"来谈"自己的事"，却是很多孩子的梦想。罗大里的童话《孩子们自己的话》，就真实地反映了孩子们的这种愿望。不仅如此，他还让大人们参与孩子们的活动，进一步表现了孩子们想象的丰富性，特别是对孩子天性的尊重。"好好老先生"和"不好也不坏的老太太"表现了两种不同

简短有趣
含义丰富

的态度，"不好也不坏的老太太"听了孩子们"自己的话"，反映"那两个孩子都是笨蛋"，而"好好老先生"说"我不认为是这样"。他还用自己的"解释"证实自己"能听懂他们的话"。

愿你也有
美的心境

为什么"好好老先生"能"听懂"他们的话，并且做了有趣的"解释"呢？这是因为他不仅反对把孩子们看作是"笨蛋"，他还能和他们一起想象，发展他们的想象。这位"老先生"在孩子们的启发下返老还童了，变成了"老小孩"。因此，他和孩子一样天真、活泼、快乐。

　　作者把老先生和老太太对比着写，一个是"和善"地倾听、解释孩子的话，一个是"不太服气""生气"地对待孩子们那些"自己的话"。

　　但是，细心的读者也会注意到，那位"不好也不坏的老太太"，在小孩和"老小孩"的感染下，也变得"若有所思"了，所以，当"好好老

113

先生"向她解释孩子们所创造的话的意思是"世界真是漂亮极了",她不再反对,而是说:"真漂亮,是吗?"看来,她渐渐地也"能听懂他们的话"了。

读这篇童话,我想小读者一定会感到亲切,容易引起共鸣。而细心的大读者读后,可能会引发思考:该怎样对待孩子们的奇思妙想呢?

罗大里是世界著名的儿童文学家。他的《洋葱头历险记》早已有中译本。他于 1970 年荣获国际安徒生奖。他在"受奖演说词"中说:"……为儿童写些个逗他们大笑的故事。这世界上再没什么比儿童的笑更美的了。"我想,这篇短短的童话,一定能带给儿童更多更美的笑。

孩子们自己的话

［意］姜尼·罗大里

两个孩子在安静的院子里玩得真痛快。他们
创造了一些只有自己能听懂的话,别人可听不懂。

简短有趣
含义丰富

愿你也有
美的心境

"呗利佛，呗拉佛。"第一个说。

"呗拉佛，呗洛佛。"第二个回答，然后两人就大笑起来。

第二层阳台上有一个好好老先生在看报，对面窗子里一个不好也不坏的老太太探出头来。

"那两个孩子都是笨蛋。"老太太说。

但是那位和善的老先生不同意她："我不认为是这样。"

"那你能听懂他们的话吗？"

"第一个说：'今天天气真好。'第二个回答：'明天天气将更好。'"

老太太不太服气，但也只好静下来了，因为孩子们又开始讲只有他们自己能懂的话了。

简短有趣
含义丰富

愿你也有
美的心境

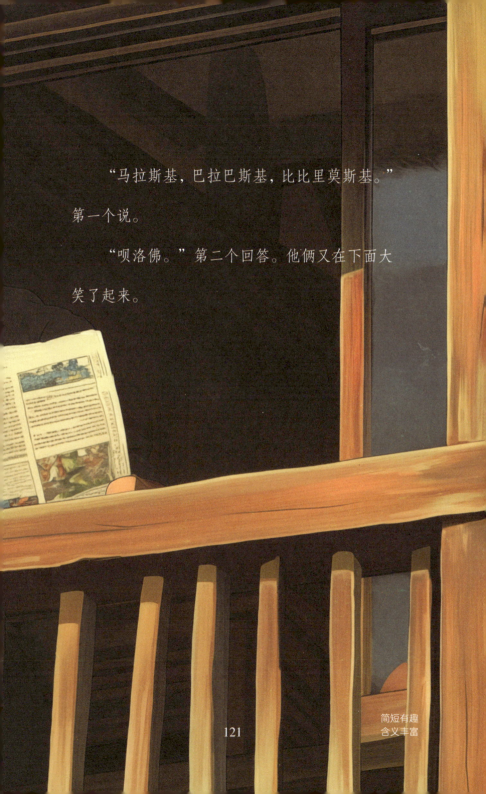

"马拉斯基，巴拉巴斯基，比比里莫斯基。"

第一个说。

"呗洛佛。"第二个回答。他俩又在下面大

笑了起来。

121

简短有趣
含义丰富

"你可还没对我说你懂他们刚才的话呐。"老太太生气地说。

"其实我全懂。"老先生笑着说，"第一个讲：'我们在这世界上是多么快乐。'第二个回答：'世界真是漂亮极了。'"

"真漂亮，是吗？"老太太若有所思地说。

"呗利佛，呗洛佛，呗拉佛。"老先生回答说。

122

山般胸襟海样情，天地之间一童翁

（代后记）

刘国辉

　　承金波先生和东方出版中心信任，帮助编辑《金波别集》。金波先生的要求是：全集不必，文集已有，重复无意义，如果要编就要有些创新，从别集的角度思考，看有没有好的统领主题和表现形式，否则没有必要再重复出版。反复思索研究探讨，数日之后终于有了一些想法，确定"别集"的几个特点和体例：一是开放性，可以随时增加新的内容；二是全面性，尽量收集金波先生迄今为止出版的所有作品；三是以同一开本为前提，面向不同年龄段的读者群采用不同的设计方案；四是使用 AI 技术插图，特别是在适合低幼读者的作品中增加插图的数量；五是打破作品体裁的束缚，以读者为中心构建册卷；六是以天、地、人、和为主题，统领全部作品。该想法得到了金波先生的认可，项目得以进行。前五点都好理解，作为编者，我想特别说一下第六点"天地人和"四个主题确立的初衷。

"天地人和"四个字可以概括金波先生迄今为止出版的全部作品，也可以作为不同的主题区分这些作品。经过头脑风暴碰撞出的，让我们感到兴奋和得意的是这四个字完全能代表我们对金波先生深深的礼敬，因为这四个字就是老先生一生的写照！

　　金波先生是为儿童文学而生的纯粹的儿童文学作家，他对当代中国儿童文学的独特贡献获得了几乎所有读者、儿童文学作家、儿童文学评论家、儿童文学出版家的尊重和厚爱，德望远播，无有微辞！这源于他深厚的文学艺术修养，源于他谦和平易的为人，也源于他真挚的儿童文学情怀，更源于他的一颗永远保持着善良、时时充溢着诗意的童心！

　　他以一颗永恒的童心，在大自然中寻找美，欣赏天地万物；他以一双发现美的慧眼，在生活中观察探求，体悟人世百态；他以生动活泼、入脑入心的文学语言，为广大儿童写心、表情、吟唱。他的诗歌、童话、小说、散文记录儿童的欢乐和忧伤，表达孩子们的思考和追问，提升小读者们的艺术素养和情怀。如春风化雨，涤荡一切污垢，还给儿童一个美丽多彩的大自然、一个生机勃勃的人间社会！他一次次寻找美、记录美，并用回归童年的表达方式向读者呈现：童心永在，哲思长存！在我看来，金波作为一个特立独行却又得到大家普遍亲近、喜欢、爱戴的儿童文学作家，在以下五个方面是值得大书特书的：

其一，长存的好奇心。卓异的文学家必须永存对世界探寻的好奇心，这样才会永远走在创新的道路上，但要保持好奇心，不随着年龄增长而丧失，难之又难。人类对天地人间、万事万物的追寻、探索、叩问，永无止境，艺术家只有不让时间和经验的尘积污垢蒙蔽内心和双眼，才能保持艺术生命力。阅读耄耋之年的金波先生这几年推出的新作品、和钱理群先生的对谈等等，可以惊喜地发现，他超越了固守自己知识和经验的局限，依然以惊叹、欢喜之心认识儿童世界，参悟儿童文学的真谛，以返璞归真的儿童视角和反刍的方式回望童年，又上层楼，不断刷新人类对童年的认知，对自然万物的领悟。

其二，殷殷的育人情。金波先生作家之外的另一个身份是教师，他把教师和作家的身份完美结合在一起，并且用自己平凡而伟大的一生做了最好的诠释：作家应该是这样的，教师更应该是这样的！他始终认为"儿童文学应该是使儿童健康成长的文学，应该是把真正的童年还给儿童的文学"。

他在课堂上传道授业解惑，在作品中弘扬健康美善的儿童文学观，更在日常中提携鼓励年轻作家、辅导大小读者，彰显了育人的本色。别集中收集了一些给读者的回信、与年轻人对谈的文字，文中没有居高临下的教导，更没有自以为是的趾高气扬，字里行间都是循循善诱，充溢着期待、渴望之情，读其文想见其人，浩浩汤汤，不知其际涯！

　　其三，不懈的追美者。优秀的艺术家能在平凡中发现美、能在寻求美的路上不断采撷鲜花，呈现给广大的读者和观众。金波先生的儿童文学作品没有过于宏大的主题和题材，但是真、善、美贯穿其全部作品，他的心灵流淌着爱与美之歌，笔端描绘架设跨越天地之间的七色彩虹。早春二月冒头的小野草，路边墙角羞答答绽放的无名蓝花，一棵经历岁月沧桑的歪脖子老树，一只嗷嗷待哺的小鸟，一朵孤独飘荡的白云，丝丝零落的细雨，更不用说无数天真无邪、独具个性的儿童，在金波先生的笔下充满诗情和爱意，栩栩如生，扑面而来，让读者顿生怜爱，惊叹不已：有许多都是我们司空见惯的身边人事、自然风景、草木花鸟，为什么金波先生告诉我们后，我们才发现他们的美！跟着老爷子优美高雅、细腻灵动的笔触看世界，我们能领略到中国传统文化的至高境界：天地人和！

其四，一贯的悠然态。"采菊东篱下，悠然见南山"是自陶渊明以来中国知识分子一直追求、祈盼、羡慕的淡然境界和精神状态，然而真正能做到的却很少，"采菊东篱下"的状态或许有之，"悠然见南山"的胸襟和境界鲜见，尤其在当下喧嚣的时代更如空谷足音！读金波先生的儿童文学作品，听他娓娓而谈文学、自然、社会，看金波先生近九十年的人生经历，我深刻领会了什么是"悠然"：这是生活于人间而内心摒弃世俗的自信，这是饱经世事风霜而波澜不惊的自我，这是畅游在诗意王国的自由，这更是美美与共、融入自然和人世间的天人合一！

其五，永远的老童翁。童心不老，老翁童心，这是诗翁金波先生最真实的写照。走进金波先生的书房客厅，看着精致的砚滴、铜雕和各种玩意儿，听着蝈蝈不间断的长鸣，你会被这种童心感染，让自己也年轻起来、快乐起来，童心大发、童趣油然而生。不老的童心是金波先生艺术生命力永不枯竭的源头活水！

天地之间一童翁！美哉！善哉！景仰并向往之！

图书在版编目（CIP）数据

愿你也有美的心境 / 金波著. -- 上海：东方出版
中心, 2025. 1. -- (金波别集). -- ISBN 978-7-5473
-2664-0

I. I207.8-53

中国国家版本馆CIP数据核字第2025BR9602号

愿你也有美的心境

著　　者	金　波
主　　编	刘国辉
策划编辑	李默耘
责任编辑	计珍芹
设计统筹	严　冬
装帧设计	钟　颖

出 版 人	陈义望
出版发行	东方出版中心
地　　址	上海市仙霞路345号
邮政编码	200336
电　　话	021-62417400
印 刷 者	徐州绪权印刷有限公司

开　　本	889mm×1194mm　1/32
印　　张	4
版　　次	2025年3月第1版
印　　次	2025年3月第1次印刷
定　　价	25.00元